고맙다, 인생

고맙다, 인생

윤민수

마음세상

제1장 사랑의 시작

제1장

사랑의 시작

살아 있다는 것에 감사할 줄 아는 삶

내가 살아 있다는 것에 먼저 감사하자.

그런데 걸어 다닐 수 있는 두 다리가 있고,

보고 느낄 수 있으니 더욱 감사하지 아니한가.

더구나 이쁜 자식이 생기고, 좋은 직장이 있고,

좋은 친구들이 있고, 살 수 있는 집까지 생긴다면…….

결국 삶, 이외에는 모든 것들이 보너스인 것이다.

더욱 감사하면서 나이를 먹어갈 필요가 있다.

보잘 것 없는 콩다래끼에서 얻은 깨달음

한쪽 눈이 안 보이니 그제서야
다 볼 수 있는 고마움을 알게 되었다.

보잘 것 없는 콩다래끼가
이렇게 인생을 깨닫게도 만든다.
내가 가진 것에 감사하자.

결국 모든 사람이 많은 길을 선택하지만
마지막에 한 길에서 만날 텐데
그 때 회한없이 웃으며 만나기 위해서는
작은 일에도 기뻐하고 감사할 줄 아는 연습을 하자.

아침기도

하느님 감사합니다.

출근 길, 문득 고개 들어 청명한 하느님을 보았습니다.

한 켠에 둥그런 미소를 띄우는 달님도 보았습니다.

고개를 돌려 보았습니다.

따사로이 비추는 해님은

내 가슴 속에 성체로 다가왔습니다.

고개를 숙여 보았습니다.

깊어가는 가을, 길가에 핀 민들레 꽃님은

언젠가 날려 보낼 감사의 홀씨인 것을

저는 알 수 있었습니다.

그대여, 모든 행복은 내 마음 속에 있는 것이니

이 모든 것을 느끼게 해 주신 하느님께 감사합시다.

내가 걷는 이 길

내가 걷는 이 길은 단단한 아스팔트 길이 아닙니다.
한번 갈라지면 영원히 틈이 벌어지는 그런 길이 아닙니다.

내가 걷는 이 길은 울퉁 불퉁한 자갈길도 아닙니다.
이리 저리 채이며 부대끼는 그런 길이 아닙니다.

내가 걷는 이 길은 모래길도 아닙니다.
작은 파도에도 금새 씻겨져 내려가는 그런 길이 아닙니다.

내가 걷는 이 길은 사람들의 발자국과
비바람에 깊이 패인 흔적이 남아 있는 황톳길입니다.
때론 단단하면서 때론 폭신 폭신한 그런 길.
어제 내린 비에 오늘 밟힌 발자국 지우고
어제 내린 폭우에 때론 깊이 패인 상처 가지지만
오랜 시간 주위에 남은 흙들 채워 치유하는 그런 길.
저는 매일 이런 따스한 길을 걷습니다.

말의 힘

말은 그 말에 해당하는 것을 끌어 당기는 에너지가 있습니다.

말은 병을 낫게도 하고 병에 걸리게도 합니다.

말은 부자가 되게도 하고 가난뱅이가 되게도 합니다.

한가지 놀라운 사실은 우리는 과거에 말한 대로

현재를 살고 있다는 것이지요.

따라서 오늘 이 순간에 어떤 말을 하고 있느냐가

미래의 운명을 결정한다고 해도 과언은 아닐 것입니다.

삼월의 노래

개나리도 지고 목련도 지고

마음 한켠 그리움도 지고

뜨겁던 사랑도 지고

다시 피어오를 뜨거움에

추억으로 물을 뿌리고

가슴으로 부른다

삼월의 노래를…

초등학교 5학년 때의 일

그 시절 대부분 엄마들처럼

저의 엄마도 아버지에게 맞으며 밤을 보낸 적이 많습니다.

어느날 아침, 눈을 떠보니 엄마가 없었습니다.

몇일간은 엄마가 없어도 전 견딜 수 있었습니다.

부모님 두분 다 일을 하셨기에

집에 혼자 있는 것이 익숙했기 때문입니다.

하지만 4일 정도 지나니 엄마가 무척 보고 싶었습니다.

엄마가 일하던 곳을 친구와 함께 찾아 갔습니다.

엄마는 힘겹게 일을 하고 있었습니다.

하지만 그 힘든 와중에도 귀여운 막내 자식이 와서

좋은지 빨리 일을 끝내고 저에게 어디로 가고 싶냐고 물었습니다.

커서 생각해 보니 직장에서 중간에 나오기가 힘들었을 텐데

자식하고 있고 싶은 간절한 마음에 어렵게 어렵게 용기를 내

상사에게 이야기 했을 것이라는 짐작이 갑니다.

전 성지곡수원지를 가고 싶다고 했습니다.

엄마와 손을 잡고 즐겁게 걷고 한참을

놀았고 수원지가 마칠 때쯤 나왔습니다.

엄마는 우리를 데리고 짜장면 집에 갔습니다.

저와 친구는 정신없이 맛있게 먹었습니다.

저녁이 되어 헤어지면서

엄마는 주머니에 있는 꼬깃꼬깃한 돈을 제 손에 움켜 주었습니다.

저는 엄마와 다시 헤어져야 한다는 슬픔에 눈물을 흘렸습니다.

엄마는 병원 숙소에서 지내다

몇일 뒤 도저히 자식이 걱정이 되어 아버지가 무섭지만

집에 몰래 들어 와 맛있는 감자찌개를 만들어 주었습니다.

저녁 늦게 들어오신 아버지에게

엄마가 아직 들어오지 않은 척 했습니다.

그때까지도 분이 안 풀린 아버지가

엄마에게 무엇을 하실지 몰랐기 때문입니다.

그래서 저에게는 엄마가 더 애틋하게 가슴에 남아 있습니다.

나의 보물단지

어렸을 적 우리집 부엌에는 조그마한 단지가 있었습니다.

그 단지 옆에는 그릇이 있었고

엄마는 항상 그 속에 물을 담고

엄마만의 절대자를 향해 두 손 모아 간절히 빌고 있었습니다.

난 왠지 모르는 두려움에 쉽게 그 쪽으로는 범접할 수 없었습니다.

어느 날 엄마는 일을 하러 가시고

저는 학교에서 돌아와 친구들하고 놀다 과자가 먹고 싶어

혹시 하는 희망으로 집의 구석 구석을 뒤지기 시작했습니다.

그런데 처음부터 단지 근처에는 쉽게 발걸음이 옮겨지지 않았습니다.

보통은 아버지의 점퍼나 바지를 들치다 보면

동전이 간혹 나오곤 했는데

그 날은 아무리 들추어도 10원 하나 보이지 않았습니다.

배는 고프고 희망은 보이지 않아 반쯤 포기를 할 때쯤,

불현듯 부엌에 있는 단지가 생각이 났었습니다.

빈 방에서 혼자 갈등을 하였습니다.

하지만 배고픔은 두려움을 이기게 하였습니다.

엄청난 용기를 내어 한발 한발 단지로 향했습니다.

두려움을 애써 떨쳐 버리고 단지에 도달해 두껑을 열자

그 속에는 은빛 보물이 출렁이고 있었습니다.

그날부터 저는 몰래 몰래 백원씩

엄마가 알지 못하게 손을 대기 시작했습니다.

하지만 신기하게도 매일 매일 단지 속에는

동전이 줄어들지 않는 것 같았습니다.

초등학교도 나오지 못해 셈을 잘 못하는 엄마라

저는 모르시겠지 하고 있었지만

지금 생각해 보면 엄마는 이미 알면서도

끊임없이 단지에 보물을 채워 주셨고

전 그 정성 어린 보물단지로

지금의 행복 어린 삶을 살고 있구나 하는 생각이 듭니다.

그 동전 하나 담아 빌었던 엄마의 정성에

저는 이렇게 예쁜 자식들을 가졌고

매일 새로운 물 담아 빌었던 정성에 이렇게 잘 먹고 잘 사는가 봅니다.

단지에 담겨져 있던 동전은

엄마의 정성이었고 사랑이었던 것 같습니다.

삶은 누군간의 희생으로 만들어진다

나의 현재의 삶은

누군가의 희생을 바탕으로

만들어졌고,

지금 우리의 삶 역시

누군가를 위한

희생으로 그가 만들어진다.

엄마

엄마, 엄마. 우리 엄마.

불러도 불러도 가슴시린 우리 엄마.

내가 울 때 엄마 가슴도 시렸겠지…….

어렸을 적 내가 아플 때

난 항상 깊은 어둠을 힘겹게 뚫고 나오는 꿈을 꾸었지.

근데 그건 우리 엄마 자궁을 헤치고 나오는 꿈이라는 생각이 들어.

그런데 그 좁은 터널을 지날 때

우리 엄만 얼마나 시렸을까.

그래서 엄만 내가 슬퍼도 시려하고

내가 즐거워도 시려하는 거구나 하는

생각이 이제 나를 시리게 한다.

엄마, 엄마.

내 엄마.

가슴시린 내 엄마.

내 언젠가 쉴 곳에 구름 한 점 떠 있었으면

흘러가는 시냇물은
이미 어디로 흘러갈지 정해져 있음에도 알지 못하듯
내 청춘도 이미 가야할 곳이 정해져 있음이야.

한참을 굽이 굽이 흘러 바위를 만나면 아우성도 쳐 보고
한 길 낭떠러지를 만나면 울어도 보았지.
그 소리 한발 떨어져 들으면 우리네 한데 어우러진 인간사 화음이라네.
그렇게 흐르는 거지.

어느덧 중반에 이르러 살짝 고인 물을 만나면
살짝 돌아온 시간을 되새기는 여유를 가져보자.
이미 갈 길이 정해져 있는데 왜 이렇게 서둘렀지.

남은 흐름. 주변도 보고 자갈도 느끼고 모래도 느끼고 공기도 느껴보자.

내 언젠가 쉴 곳에 구름 한 점 떠 있었으면…….

고통 뒤에는 반드시 행복이 찾아 옵니다

사람들은 대부분 지금 자신이 힘들다고 생각하는 것 같습니다.

친구 가족이 해외여행가는 것을 보고

자신을 무능력함으로 비하시키면서 힘들어 하고,

아이 성적이 낮은 것을 보면서 괴로워하고,

숙제를 안하는 아이를 보면서

받은 스트레스 그대로 아이에게 잔소리로 전해 줍니다.

그리고 남편, 아내는 무엇이 불만인지

서로에게 상처를 주면서 힘들다는 경쟁을 벌이듯 아우성 치곤 합니다.

하지만 한번쯤 나보다 못한 사람들을 생각해 봐야 합니다.

6.25때 가족들을 잃어버린 한 아이의 처절한 고통,

월남전에 팔 다리 잃은 젊은 청춘의 고통,

5분 뒤 죽을 사형수에게는 그렇게 고통스럽게만 느껴졌던

우리의 삶이 절실하게 느껴지지 않을까요?

달빛

늦은 밤 집으로 가는 길,

문득 고개 들어 하늘을 보았습니다.

달 주위를 하얀 구름들이 가리고 있음에도

달은 밝은 빛을 비추고 있었습니다.

그 순간 저는 구름속에 덮힌 달과 하나가 되었습니다.

구름은 저를 어루만져 주었습니다.

그 따스함은 가슴으로 느꼈습니다.

제 주위에 가득찬 구름이 있음에도

저는 빛을 잃지 않을 것입니다.

그 빛은 분명 이 세상 누군가에게

그와 하나가 될 수 있기 때문입니다.

인생은 연속되는 산을 넘는 것과 같습니다

이렇게 또 한고비를 넘겼습니다.

인생은 연속되는 산을 넘는 것과 같습니다.

비록 그 높이의 차이는 있지만 저는 항상 이겨냈습니다.

그래서 저는 앞으로 넘어야 할 산들이 결코 두렵지 않습니다.

좀 더 높은 산은 준비를 철저히 하고

낮은 산은 산책을 하는 기분으로 즐겁게 오를 것입니다.

두 갈래길

매일 두 갈래길과 마주친다.
한 길을 선택하기 위해 잠시 주저함이 있었지만
결국 한 길을 택하게 된다.
시간이 지나며 선택의 망설임은 적어진다.
결국 그 길은 한 길이 될 것임을 알기 때문이다.
어제 내가 선택한 길은 다시 돌아갈 수 없기에
오늘 내가 선택한 길을 만끽한다.
길가에 만개한 코스모스가 아름답다.
지나치는 인연들도 내일이면 보지 못할 수도 있기에
더욱 애잔하게 느껴진다.
내가 걷고 있는 이 길은 희로애락이 함께하는 신이 만들어 준
공동의 길이기에 동시대를 함께 한 모든 이에게
은총이 함께 하길 기원한다.

꿈

어렸을 적부터 저에게는 소중한 꿈들이 있었습니다.

거창한 판검사가 되겠다는 맹랑한 꿈도 있었지만

예쁜 앨범 속에 고이 간직하고픈 소중한 꿈이 있었습니다.

그 하나는 꼭 딸을 가지고 싶었고, 그녀와 함께 손을 잡고

학교로 가는 길을 이야기 나누며 등교를 시키는 것이었습니다.

지금 저는 매일 그 꿈을 이룹니다.

그리고 다른 하나는 그녀가 고등학생이 되었을 때

하교길에 정문 앞에서 그녀를 기다려 예쁜 차에 태워

함께 분식점에 가서 맛있는 떡볶이를 먹고

영화를 보러 가는 꿈을 꾸었습니다.

저는 그 소중한 꿈을 위해 오늘도 힘차게 하루를 시작합니다.

이 또한 지나가겠지

어느 사과나무 과수원 집이 있었습니다.

그런데 어느날 홍수가 났습니다.

농부는 어쩔 줄 몰라 발만 동동 굴렀습니다.

이내 몇 개라도 건지기 위해 홍수를 뚫고 사과를 따러 갔습니다.

다리가 찢기고 물살에 휩쓸려 갈 뻔 하면서

그는 몇 박스의 사과를 따는데 성공했습니다.

아픈 다리를 이끌고 그는 장터에 사과를 팔러 갑니다.

하지만 물먹은 사과라고

낮은 등급을 받고 싸게 팔게 되어 속상해 합니다.

집에 돌아온 농부는 몸도 상하고 속도 상하고

이리저리 마음도 지쳐 세상 살기가 힘들게만 느껴집니다.

이럴 때는 그냥 안전한 곳으로 옮겨 따뜻한 방에서

홍수가 지나간 다음 내가 무엇을 해야 할지를 생각하세요.

쓸려가는 시련 속에서 발버둥쳐봤자

내 몸과 마음만 상합니다.

모든 것은 지나갈 것입니다.

선생님

그때가 그립습니다.

모두가 월드컵에 한껏 들 떠 있던 86년의 어느 날.

우리의 작은 가슴에도 바람이 들어 축구 관람을 위해

매 순간 교실을 빠져나갈 궁리로 머리를 굴리고 있을 때

제자들의 밝은 미래를 위해

한자라도 더 보라시며 너그럽게 타이르시던

선생님의 연륜이 묻어 있는 깊은 의미를 모른 채,

최고 선봉장에 서서 친구들과 함께 몰래 교실을 빠져나와

학교 근처 단골 칼국수 집에서 세상이 떠나가라 외치며

조금 후 닥쳐올 두려움은 각자 주머니속 깊은 곳에 감춰두고

그 순간에만 몰입해 있던 그때.

교실로 돌아오니팔짱을 끼고 회초리를 들고

서 계시던 노인의 두 눈에 이미 불꽃이 일고

누가 주동했냐며 호통을 치시던 선생님.

알량한 의협심에 제가 먼저 손을 들고,

교실 앞에 나가 종아리를 걷었던 그때.

선명하게 맺힌 붉은 핏자국에 돌아서

원망의 시선으로 선생님을 힐끗 보았지만

이내 고개를 떨구고 말았습니다.

선생님의 깊이 패인 눈망울 속에 고인 눈물은

우리를 사랑하신 마음 그 자체였습니다.

선생님, 많이 아프셨죠.

항상 너그럽게 우리를 사랑해 주셨던 선생님.

제자들의 멋진 미래를 위해 참는 법도 가르쳐 주고자 하셨던

선생님의 마음을 저는 느낄 수 있었습니다.

지금은 그 좋아하시던 담배 연기처럼

하늘나라에서 구름으로 계실 선생님.

선생님의 안경 너머 그윽한 눈빛이 그립습니다.

그때가 그립습니다.

꽃이 아름다운 이유는

세찬 비바람에도

한자리에서 오롯이

버텨온 인고의 시간이

있었기 때문이다.

그 세찬 비바람 맞아보거든

꽃은 따지마라.

친구에게

아직도 친구의 웃는 모습이 눈에 선합니다.

학교 다닐 때도 유난히 내 농담에 잘 웃어주던 친구.

저는 오늘 한 친구를 먼저 하늘로 보냈습니다.

이글거리는 불길 속으로 들어가는 마지막 모습을 보니

눈물이 뺨을 타고 하염없이 흘러 내렸고

절규하는 어머님의 소리는 더욱 가슴을 사무치게 만들었습니다.

친구야.

이승에 있던 모든 근심 걱정 다 털어버리고

해맑던 그 웃음 간직한채 저승에서 아름다운 시간을 보내라.

너로인해 더욱 현재의 시간이 값지다는 깨달음을 얻고

너로인해 또 한번 친구의 소중함을 느끼게 되었다.

친구야.

나중에 하늘나라에서 만나 우리 뜨거운 포옹을 나누자꾸나.

내일 못 볼 수도 있는 것이 인생이기에 그 순간 최선을 다해야 합니다

비행기를 타고 가다 오른쪽 날개에 번개를 맞아

급강하해 본 경험이 있습니다.

그때 이렇게 죽는구나 하는 생각이 들었습니다.

순간 제 눈 앞을 스쳐 지나는

아내, 자식, 부모, 형제…

못다한 말들이 너무 많은데 어떻게 남겨야 할지 몰라

그저 기도밖에 할 수 없었습니다.

우리에게 남겨진 시간은 짧습니다.

언젠가 문득 이 세상을 떠날 때는 컴퓨터가 로그아웃될 때 깜빡하고

꺼지듯이 사라져 버리는 것이 죽음일 것 같다는 생각이 들었습니다.

함께 맺은 많은 소중한 인연들,

내일 못 볼 수도 있는 것이 인생이기에

잠깐 잠깐 볼 수 있고 들을 수 있는

그 순간 최선을 다해야 할 듯 합니다.

감사하고 사랑합니다.

하늘이 한 사람에게 큰 일을 맡기고자 할 때

'하늘이 한 사람에게 앞으로 큰 일을 맡기고자 하면
반드시 먼저 그 사람의
마음을 고통스럽게 하고,
뼈마디가 꺾이는 고난을 당하게 하며,
궁핍하게 몰아 넣고,
그가 도모하는 일을 흔들어 어지럽게 하나니,
이는 그의 마음을 단련시키고
참을성을 길러 내어 여태껏 할 수 없었던 일을
앞으로는 넉넉히 해내도록 돕기 위해서이다.'
누구든지 분명 시련은 올 것입니다.
물론 크고 작고의 차이는 있겠지만…
하지만 반드시 그 고난 뒤에는
분명 여태까지 할 수 없었던 일을
넉넉히 해낼 수 있는 힘을 주셨을 겁니다.
지금 당장 힘들다고 지옥에 있는 것처럼 생각하지 마세요.
비가 온 뒤 하늘은 그 어느때보다 맑을 것입니다.

사랑하는 사람은 내 삶의 선물

사랑하는 사람을 처음부터 내가 가지고 있었던 것이 아닙니다.

갑자기 내 삶에 찾아온 선물과 같은 것.

결국 내가 가지지 못했었던 처음으로 언젠가 돌아갈 것입니다.

지금 나에게 주어진 선물을 더욱 소중히 여기고 감사하세요.

보물섬

어렴풋이 떠 오른다.

머리맡에 놓인 보물섬이.

매년 크리스마스에는 어김없이

새소년, 어깨동무, 보물섬이 나의 희망이었어.

그래서 난 산타할아버지가 있기를 더욱 믿고 싶었는지도 몰라.

부모님이 산타할아버지였다는 것을 알게 된 후에도

머리맡에 보물섬만은 놓여 있기를 바랬지.

이젠 그 보물섬을 아이들 머리맡에 놓을 나이가 되어 버렸다.

아직 내 마음속에 보물섬은 그대로 있는데…

아이들이 잠을 버티다 제풀에 지쳐 옹알이를 하며

스르르 잠들면서도 얼굴에는

한껏 미소를 머금고 있다.

나를 꼭 끌어안는 걸 보니 꿈 속에서 보물을 찾은 것일까?

나도 매년 찾아 헤맸던 보물섬에서 마침내 나의 보물을 찾았다.

엄마도 내가 보물이었겠지.

난 순간 뜨거운 사랑으로 만들어졌다

그 순간 난 뒤돌아 볼 겨를도 없이 하염없이 앞만 보고

본능적으로 어딘가를 향해 달렸다.

옆을 보니 나와 비슷한 수많은 형제 자매들이

나와 똑같은 곳을 향해 달리고 있었다.

난 그렇게 처음부터 치열한 경쟁 속에서 만들어졌다.

하지만 내가 만들어진 이유를 몰랐다.

10개월 뒤 갑작스러운 차가운 공기와 무언가 눈이 부신 두려움에

있는 힘껏 소리치기 시작했다.

난 그렇게 세상에 태어났다.

그리고 아무 것도 모른 채 학교를 다니며

또 다른 아이들과 치열한 경쟁 속에서 사회로 나왔다.

하지만 그 때까지도 내가 만들어진 이유는 몰랐다.

사회라는 커다란 바구니 속에서

나는 또 다른 치열한 경쟁으로 앞을 보며 달려왔다.

하지만 아직까지도 내가 만들어진 이유를 끝끝내 찾지 못했다.

이렇게 점점 경쟁하듯 늙어 갈 것이고 또 병에 걸릴 것이며

다시 한줌의 흙으로 돌아갈 것이다.

이 짧은 시간 속에서 난 또 웃고 울고 화내고 슬퍼할 것이고

또 수많은 욕심을 부릴 것이다. 과연 난 왜 만들어진 것일까?

난 사랑의 결실이고 사랑의 씨앗이다.

결국 내가 할 수 있는 건 사랑하는 것일 뿐…….

비누 같은 삶

아침에 목욕탕에 들러 뜨뜻한 물에 몸을 녹이고

욕조에 앉아 비누칠을 하다 문득 이러한 생각이 들었다.

우리는 모두 각기 다른 모양, 색깔, 향기를 가진 비누처럼 만들어져

조금씩 누군가를 위해 사용되어지다 서서히 사라지는 비누와 같다.

그 누군가는 부모였을 수도 있고,

아내였을 수도 있고,

자식이었을 수도 있고,

내 이웃,

친구였을 수도 있다.

그렇게 우린 사라지는 것이다.

하지만 사라지는 삶에 슬퍼하지 말자.

난 누군가에게 기쁨을 준 존재이기에 나로 인해

세상도 조금 깨끗해졌을 것이니까.

배려는 사랑을 잉태한다

아침에 출근해서 창가를 보니

평소없던 화분이 분홍색 꽃을 담고 있었다.

청소하시는 아주머니께 여쭤보니

어떤 화분에 꽃이 펴서 저의 자리 옆에 두었다고 하신다.

내가 그동안 드렸던 배려가

결국 다시 배려를 만들고 사랑으로 잉태되는 것 같아

아침부터 기분이 좋았다.

눈 앞에 있는 나의 우주에 최선을 다하세요

너무 복잡하게 생각하지 마세요.

내가 지금 보고 있는 반경 180도가 모든 우주입니다.

그래서 언젠가 행복하게 해 주겠다고 생각하지 마세요.

작더라도 그저 눈 앞에 있는 나의 우주에 최선을 다하세요.

지금 보고 있는 우주는 다시는 볼 수 없는 소중한 장관이기 때문입니다.

우리는 모두 엄마에게 자랑스러운 아들입니다

새벽에 일어나 운동을 하고 집에 돌아와 샤워를 했다.

출근 준비를 하고 욕실에서 머리에 젤을 바르는데

거울에 비치는 나를 보니 정말 멋있는 것이다.ㅋㅋ

그런데 갑자기 이런 생각이 들었다.

올해 아버지 여든 셋, 엄마 여든 둘,

어떻게 보면 우리가 볼 날이 길어야 십 몇 년이라는 생각이 드는 순간,

부모님의 기억 속에는 자랑하고 싶은 아들로

영원히 남고 싶다는 마음에 휴가를 내고 부산으로 향했다.

뷔페에 가서 맛있는 식사를 함께 하고

엄마가 다니시는 평생학습원에 가서

선생님에게 엄마를 잘 부탁드린다고 인사도 했다.

선생님은 엄마에게 이런 아들이 있었냐고

큰 눈을 뜨고 엄마에게 연신 놀라움을

그치지 않았고, 엄마는 그저 좋으셔서 웃음만 지으신다.

까만 봉다리

항상 엄마 생각을 하면 가슴에 응어리 하나 터져 눈가에 눈물로 맺힌다.

지금도 부산에 내려가면 아버지 몰래

나를 주려고 숨겨 놓은 홍삼액즙…….

그저 자식 입에 한 방울이라도 담으려고

까만 비닐봉지에 넣고 움켜쥔다.

몇일 전 조카가 우리집에 온다고 홍삼을 사왔다.

그것을 보는 순간 엄마의 잔상이 나를 스친다.

내가 이렇게 행복하게 살고 있는 것은

엄마의 정성의 결실인지도 모른다.

매일 정한수 한그릇 떠놓고

부엌 한 귀퉁이에서 두손 모아 빌던 그 모습.

나는 어두컴컴한 골목어귀를 바라보며 엄마가 오기를 기다렸다.

일을 갔다 오시며 그 바쁜 틈에도 두 손에 시장을 봐 오던 모습.

왠지 사무실에 앉아 창문 너머 어두워진 거리를 보니

두손에 까만 봉다리 든 엄마가 떠오른다.

피리부는 소년

거울을 보았습니다.

거울 속의 소년은 한없이 여리고 눈물많은 소년입니다.

살아 오면서 맞닥뜨렸던 많은 아픔, 눈물, 외로움을 감추며

세상에 강해지려고 노력하였습니다.

지금은 어떤 일에 밟혀도 다시 일어나는 꿈쩍없는 잡초가 되어

한 가정을 오롯이 지키는 든든한 버팀목이 되었습니다.

어느새 이마에 굵은 주름이 새겨진 채

까만 썬그라스에 자신의 여린 눈을 감추려 하지만

문득 거울 속을 본 그는 어린 그 때의 소년을 다시 보았습니다.

눈물 많고 피리불던 그 착한 소년을…….

엄마의 자식에 대한 서운함과 즐거움

자식 밖에 모르고 사신 저의 엄마도 아름다운 여인이었습니다.

지금도 마음은 분명 그 시절에 머물러 있을 텐데

몸만 어른이 되어 버렸습니다.

추석에 엄마와 둘이 을숙도에 데이트를 갔습니다.

아버지를 만났을 때부터 이야기를 쉬지 않고 하는데

사실 다 아는 이야기이지만

진지하게 리액션과 함께 경청을 했습니다.

한 자리에서 40분 정도 엄마의 러브스토리를 들은 후

저를 키우면서 서운한 것이 있었는지 물어 보았습니다.

서운한 것은 하나도 없는데

단지 아픈데도 아프다하지 않고 참던 모습들이 싫었다고 하네요.

역시 엄마는 자식 걱정밖에 하지 않습니다.

좋았던 것은 무어냐고 물어 보았습니다.

제가 대학생 때 엄마가 다니던 의류 공장에 엄마를 보러 갔을 때

저를 보고 엄마에게 저런 멋있는 아들이 있냐고 물어보던

많은 여공들에게 우쭐했던 것,

그리고 공장장도 그 뒤로 엄마에게 잘 대해 주셨다는 이야기를 하며

웃음을 짓는 엄마를 보며 저도 즐거웠습니다.

간월재 가는 길

가을이 내 가슴을 흠뻑 적신다.

미끄러지듯 스치는 차디찬 향수는

동맥을 따라 내 몸 구석 구석을 휘감아 도는 것만 같다.

간월재 가는 길은 인생의 맛을 느끼게 하는 소중한 오르내리막.

사랑아 오랫동안 내게 머루르다

작은 먼지처럼 산산이 흩어지거라.

너는 나의 전부고 나는 너의 전부이기에

우린 모든 것이다.

빈그릇

사랑으로 밥을 차리고 정성으로 반찬을 준비했다.

맛있게 먹는 아이들을 보니 행복이 그릇에 가득했고

투정부리는 아이들을 보니 괴로움이 그릇에 그대로 쌓여 있다.

빈그릇 치우고 설거지를 하다보니

왠지 허전함이 마음 속에 채워진다.

허전함을 비우러 아침 일찍 찾은 영화관.

영화속에서도 여전히 사랑이 익었다 식었다 한다.

영화관을 나와 쇼핑도 하고

맛있는 것도 먹으며 이것 저것 채워 보았지만

여전히 마음 속 빈그릇은 쌓여만 간다.

시계를 보니 어느새 아이들 마칠 시간.

다시 저녁거리를 걱정하며 집으로 향한다.

하얀 사랑을 담을지 까만 사랑을 담을지

푸른 정성으로 끓일지 빨간 정성으로 볶을지

맛있게 먹는 아이들을 보니 행복감이 더해진다.

이렇게 하루는 비우지 못한 허전함에 켭켭히 행복도 쌓여간다.

상처

딸 아이가 묻는다.

아빤 언제로 다시 돌아가고 싶은지.

딸 아이는 '어린 시절'이라고 말하기를 기다리는 것 같다.

난 대답했다.

그냥 지금이 좋다고…….

원하는 대답이 아니었는지

살짝 고개를 지친다.

옛날 횅한 방안에서 일을 나가신 엄마를 기다리며

아버지도 들어오지 않으셨으면

형도 늦게 들어 왔으면 하고

차가운 바람 우풍이 되어 내 가슴을 시리면

나는 어느새 무지개 타고 꿈나라로 들어가

하늘을 날고 빌딩숲을 헤치며 날다

어두운 장롱 속에서 눈을 뜬다.

나는 어디로든 돌아가고 싶지 않단다.

그저 지금이 좋단다.

가을 전어

내 한 몸 희생으로 집나간 며느리
돌아올 수 있다면
이글거리는 불길 속으로 들어가
장렬히 타 죽는다 해도 난 괜찮아요.

검푸른 등 위에 하얀 속살 드러나고
은백색 배 위로 구수한 향취 묻어나면

돌아오기 쉽지 않았을 며느리의 애련과
아들을 위해 쓰린 미소짓는
시어머니의 사랑을 떠 올리며
그저 입을 벌린 채 또 다른 세상을
기약하리다.

포항 물회

초록빛 넘실대는 물 맑은 동쪽 바다
사계절을 넘실대는 물고기들의 보고(寶庫)
포항은 그렇게 바다를 품고 있었다.

뜨거운 여름을 피하려고
우연히 들렀던 한적한 포항 물회집
상인의 빠른 손놀림에
멍게, 해삼, 말쥐치, 야채 한데 어우러져
형형색색 한 폭의 수채화가 펼쳐진다.
그렇게 세상도 어우러져야 제 맛인듯…….

벌건 장에 국수 얹어
막혔던 가슴 뚫어 낼 듯 살얼음 육수 부어
호르륵 사랑하는 내 님의 입 속으로
새콤달콤한 여름이 지나간다.

시간

아침에 눈을 뜨면 항상 그는 내 옆에 있습니다.

밥을 먹을 때도 세수를 할 때도 그는 내 곁을

떠나지 않습니다.

언젠가 삶의 고통은 그와의 인연을 내려 놓고 싶게도

하였습니다.

청춘은 지나고 어느덧 중년이 되어

포기하는 맘으로 그를 받아 들일 줄도 알게 되었습니다.

언젠가는 분명 그와도 작별을 해야 한다는 연민의 정으로

다시한번 그와 함께 했던 순간을 돌아보니

숭고한 탄생의 기쁨을 함께했던,

죽음에 다다르는 시련 속에 괴로워 했던,

사람의 일로는 납득이 되지 않는 기적 속에 감동했던,

잔인한 순수의 울부짖음에 분노했던 그 순간들이

이젠 조금씩 추억으로 가슴 한 켠에 남습니다.

나는 그렇게 그를 더욱 사랑하게

되어 버렸습니다.

청송대 산책길

청송대는
싱싱한 나물반찬 소복히 담아
상쾌한 아침 밥상 예쁘게 차리고
나를 깨우는 아내와 같다.

청송대는
벚나무 개나리나무 대나무 단풍나무 고라니 뛰어 다니며
사시사철 새로운 재미로 가득찬
나를 즐겁게도 때론 놀라게도 만드는 아이들과 같다.

청송대는
어둠 속에서 세상의 빛을 향해
나를 이끌어 주셨던 어머니처럼
따스한 가로등 빛으로 나를 안아 준다.

나는 그렇게 매일 청송대와 함께 한다.

겨울이 지나가는 길목에서

차디찬 하얀 바람 속에서도
메마른 목련 나무에는 새순이 돋아난다.

자연은 가장 깊은 어둠 속에서
가장 밝은 눈부심을 알려주는
세상의 이치

바람은 지나가면서
세월을 내리고
세월은 살아온 길들을 하얀 추억으로 덮는다.

나는 얼어 붙은
세상을 헤치며
조용히 봄을 맞을
채비를 한다.

피와 눈물, 그리고 땀의 나라

내가 사는 이 나라의 숨결은

피흘리며 흩뿌려진 선열들의 영혼이요

내가 사는 이 나라의 물결은

산천에 흩어진 선열들의 눈물이다.

내 후손이 살아갈 이 나라의 소결을 위해

우리들 땀은 아래로 아래로 통하였느니

이 강산에 흘린 피와 땀 잊지 말고

영원히 영원히 번창하리라.

정상을 바라보며

칠흑같이 어두운 숲 길을

앞사람의 뒤꿈치만 보고 오르다

문득 새벽 여명이 올 때쯤 무심코 돌아본 세상

어느덧 하얀 안개 자욱히 머리에 드리웠고

섬처럼 솟은 검은 상처 군데 군데 불거졌네

주지 않는 사랑은 사랑이 아니고 가지 않는 삶은 없으니

곧 이를 정상에서 마음껏 풀고 갈 것을

내려가다 언젠가 잊혀질 숲 속을 바라보며

사랑 한 짐 실컷 풀고 가세나

나의 계절

나의 가슴은 뜨거웠던 여름을 지나

나의 머리는 이미 촉촉한 가을 위에 있다.

나의 발바닥은 차디찬 겨울을 딛기도 하겠지만

나의 꿈은 매일 봄처럼 태어난다.

엄마

아침에 눈을 떠 부엌을 보면

언제나 음식 준비하시던 엄마의 뒷 모습

그 많던 설거지 그릇 언제 치우셨는지

이내 우릴 학교 보내고 엄마는 일터로 향하신다.

학교 마치고 돌아와

방문을 열고 들어서면

언제나 밥상 위에 꽃보재기 살포시 얹어 있고

그 보재기 들치면 엄마가 준비해 놓은

내가 좋아하는 감자찌개, 고추튀김이 한 가득…

따뜻한 밥 한그릇 전기밥솥에서 꺼내

한 그릇 게 눈 감추듯 후딱 비우고

방 안에 덩그렇게 엎드려 숙제를 한다.

숙제 끝내고 밖에 나가 놀다보면

어느새 어둑해지고

멀리서 엄마의 모습이 보인다.

얼굴에 지친 표정 역력한데 나를 보고 금새 웃으신다.

저녁 준비하시는 엄마의 뒷 모습

빨래하시고 쉴 틈도 없이

이불에 쌀 천을 바느질하시는 엄마를 보며

나는 스르륵 눈을 감는다.

지금 생각하면 우리 엄마는 언제 쉬셨을까…

엄마의 쉼터는 나였으리라.

나를 보고 하루의 피로를 잊었던 우리 엄마

나는 그렇게 엄마의 사랑을 먹고 자랐고

이제는 내 아이들에게 그런 사랑을 먹인다.

삶

어머니의 따스한 햇살을 받고

파란 이파리 넓게 피었고

아버지의 기름진 영양분을 받아

검갈색 뿌리 깊이 내렸다.

비는 가만히 있는 나를 적셔 놓았고

바람은 가만히 있는 나를 흔들어 놓았다.

끝없이 자랄 것만 같았던 나의 한계는

하늘에 닿지도 못할 것을

이렇게 애타게 위로 위로 향했었나 보다.

비 바람 속에서 버텨온 나의 청춘은

스쳐가는 가을에 낙엽을 내리고

나는 흩어진 낙엽을 내려 보며

새롭게 꽃 망울을 피울 준비를 한다.

잡초

누가 나를 잡초라고 불렀던가
나는 잡초라고 불리워지면서
쉽게 밟히기 시작했다.
같은 비에 젖으며 눈물 흘렸고
같은 바람 맞으며 흔들렸거늘,
그저 하찮은 잡초로 불리워졌다.
짙푸른 녹음이 가득찬 숲속에 풍취를 더하고
배고픈 초식동물의 한끼 식사로 감취를 돋구었고
쓰러져 흩어진 가을에 정취를 더했건만
나는 그저 잡초로 불리워졌다.
내가 넘어져도 밟히어도 꿋꿋이 일어서는 이유는
나도 이 세상에 의미있는 존재였다는 것을
알리고 싶음이어라.

꽃이 아름다운 이유

예쁜 꽃 보거든 꺾지 마라

꽃이 아름다운 이유는

세찬 비바람에도 한자리에

오롯이 버텨온 인고의 시간을

안고 있기 때문이다.

강물도 구름도 세월도 나도

그저 흘러가는 것이니

멈추어서서

그 꽃 꺾지 마라.

내 삶의 다리미

아침 일찍 이부자리를 털고 일어나

차가운 물로 얼굴을 씻는다.

거울에 비춰지는 가느다란 잔주름에

세월의 흐름을 느끼며 새로운 아침과 마주한다.

하얀 와이셔츠를 꺼내 다림판 위에 올리고

맺힌 주름을 보고 있으니

어제에 있었던 내 삶의 흔적이 느껴진다.

셔츠에 맺힌 주름을 다림질하며

문득 내 삶의 구석 구석에 패어 있는 주름을 보게 된다.

내 삶은 아이들의 미소와 아내의 사랑으로

뜨겁게 달구어져

오늘도 나를 쫙 펴고

새로운 아침과 하얗게 마주한다.

가을 여인

언제나 그랬듯 매년 십일월과 함께
새벽 찬 바람을 가르며 그 여인은 떠나려 한다.
아직 풀지 못한 그녀와의 사랑을
못내 아쉬워하며 나도 몰래 다급히
그녀의 붉은 댕기를 잡아본다.
붉은 댕기 힘없이 풀어 헤쳐지며
사방 가득 붉은 치마 흐트러진다.

여인은 못내 떠나야 하는 서러움에
살짝 고개돌리고 눈 끝 떨어지는 눈물은
가을비에 우수수 낙엽을 내린다.

여인은 아직 촉촉한 내 입술 위로
어느새 뜨거운 작별의 키스를 남기고
12월 찬바람속으로 바스락 소리를 남긴 채 아스라히 사라진다.

약속

십삼년간 피워왔던 담배를 끊었다.

그녀를 위해…

자제할 수 없었던 술도 줄였다.

그녀를 위해…

새벽에 찬 바람을 가르며 운동을 하러 간다.

나를 위해…

수 없이 많은 나쁜 유혹을 뿌리치며 올바른 길을 걸어왔다.

아버지 어머니를 위해…

기억에 남을 송년회 준비를 위해 고민을 한다.

그들을 위해…

오늘 여섯 시 반에는 고운 분들과의 모임을 가진다.

매월…

매일 매일 계속되는 약속 속에 나는 살고 있었다.

수없이 많은 약속을 나는 왜 그렇게 지키려고 했을까…

그건 내가 약속했던 사람들을 사랑한다는 증거,

나는 오늘도 사랑을 지키기 위해

그곳으로 달려가고 있다.

촛불이 꺼지기 전에

가느다란 심지에 생명의 불빛은 피어나고

작은 바람에도 흔들리며 한 세상 불 밝혔네.

꺼질 듯 꺼질 듯 질긴 생명력은

사랑의 촛불들을 남기고

흘러내린 눈물은 깊은 핏줄로 맺혔네.

다 꺼져가는 촛불 아랜

오랜 추억과 회환만 쌓여 가고

촛불은 촛불을 걱정하며

영원히 꺼져 버릴 한숨을 남기고

마지막 불빛을 피우고 있으니

나…

촛불이 꺼지기 전에

뜨겁게 사랑받았단 말 전하리

촛불이 꺼지기 전에…

월요병

산삼배양근도 이보다 더 몸에 좋지 않으리

이수근도 이보다 더 나를 웃게 만들지 않으리

수학의 제곱근도 이보다 근원이 되지 않으리

한 근은 600그람

퇴근은 좋글랑

퇴근하고 싶다.

살살

너무 크다. 빼야겠어.

너무 깊이 넣지마

살살해줘

자꾸 돌리지마

천천히 천천히

아 나오는 것 같아

휴지로 잘 닦아

귀청이 바닥에 떨어지면 지저분하잖아!

못난 인연

이 정도에서 끊어야겠어

좀 더 이어볼까

아니야 답답하게 막힐 수도 있어

그래 끊어버리자

남은 것들은 미련없이 씻어버리지 뭐

휴지를 아껴쓰자

집착

보고 또 보아도 보고싶은 것은 왜일까

이제는 없으면 불안하기 까지 하다.

이건 사랑일까 집착일까

시험기간 동안 만큼은 멀리하고 싶었다.

하지만 쉽게 놓아지지 않는다.

그녀에게서 들리는 음악소리

난 온전히 그녀에게 사로잡혀 버린다.

이러면 안되는데 이러면 안되는데

이제는 그녀까지 지쳐간다.

이젠 놓아주자.

아니, 배터리 충전하자

제2장

사랑의 종착

너에게 어울리는 이런 오빠가 될게

내가 피곤할 때도 너에게 짜증 부리기보다는

너의 눈빛을 바라보는 것만으로

너의 따뜻한 마음에

나의 무거운 마음이 풀리는 걸 느낄 수 있는

너의 마음을 누구보다 잘 아는 그런 오빠가 될게.

내가 힘이 들 때도 너에게 위로 받기보다는

그저 네가, 너라는 아이가 내 옆에 있다는 사실에

스스로 행복 할 줄 아는 그런 오빠가 될게.

널 언제나 여자로 바라보기보다는

함께 있는 동료로서 여자들만의, 남자들만의..

구분 지어 하나씩 설명하기보다는

서로가 편안하게 느낌으로 통할 수 있는 그런 오빠가 될게.

때로는 너의 사소한 투정에

슬쩍 져주며 자존심을 세워줄줄도 알고

너의 솔직한 표현들이 서툴러도

그 속에 담긴 너의 마음 있는 그대로를 이해할 줄 알며 내가 즐거울 땐 그 즐거움을 나눠 줄 수 있는 그런 오빠가 될게.

혹시라도 너와 다투게 되어 기분이 나빠도

누구의 잘못을 따지기보다는

어설픈 자존심에 우리 사이가 멀어지지 않도록

먼저 웃으며 사과할 줄 아는 그런 오빠가 될게.

내가 널 다른 사람에게 소개할 때는

네가 나의 여자라는 이유 하나만으로

널 자랑스러워하고 널 사랑하는 마음을 그 사람들도 느낄 수 있게

이 세상 누구보다 널 아끼는 남자

물질적으로 많은 것을 해주기보다는 마음으로 많이 사랑해주고

시간에 쫓길 때에도 널 위해 잠시 공중전화에 들르는 여유를 가지며

언제나 널 편안한 안식처로 느끼는

그런 남편이 너에겐 어울리겠지?

만약 설령 내 여자가 사람을 죽였더라도

나만은 영원히 그 사실이 거짓이라는 것을

아는 그런 남편이 꼭 될게

네가 나의 와이프가 된다면.

혜경 씨

험난한 세상 당신과 함께여서 다행입니다.

나는 당신 덕분에 늘 자라는 나무였던 것 같고

당신은 늘 내 옆을 흐르는 물이었던 것 같습니다.

봄에 영일대를 지날 때면 당신과 처음 만난 커피숍에서의

하얀 블라우스와 검정 정장을 입은 당신이 떠오르고

여름에 마트에서 시원한 수박을 보면 당신이 떠오릅니다.

가을에 효자시장에서

모락모락 피어나는 삶은 옥수수를 보면 당신을 위해 사 주고 싶고

겨울에 처음 출시되는 과메기를 보면

얼른 당신께 들고 가고 싶어 집니다.

사시사철 언제나 머리속에서 떠나지 않은

당신의 모습이 나를 이만큼 성장시켰는가 봅니다.

혜경씨, 남은 인생도 당신과 함께 일 수 있어 다행입니다.

사랑합니다.

그리고 생일 축하해요~

당신을 항상 지키는 나무가…

치유

가슴 한켠 응어리 하나 안고 살지 않는 사람 어디 있을까?

그 응어리 따스한 사랑으로 만져 줄 사람있다면

그 누가 행복하지 아니하겠는가?

그 응어리 터질 때 즈음 나에게 다가온 당신으로 인해

나는 아직 이렇게 살고 있습니다.

그 응어리 아직 완전히 없어지지는 않았지만

고통을 잊을만큼

당신이 있어 난 행복합니다.

내 응어리 이 세상에서 완전 소멸될 때

난 당신이 있어 감사했다고 말하고 싶습니다.

나를 사랑하는 사람

나를 사랑하는 사람이 있고

나를 사랑해 주는 사람이 있다.

나를 사랑하는 사람은 나의 아픔까지도 사랑해 주었고

나를 사랑해 주는 사람은 나의 기쁨을 기뻐해 주었다.

나를 사랑해 주는 사람은 많으나

나를 사랑하는 사람은 적다.

나를 사랑하는 사람을 위해 나는 나의 모든 것을 걸었고

나를 사랑해 주는 사람을 위해 나의 일부분을 주었다.

나를 사랑하는 사람, 그것은 바로 당신이며 나는 당신을 사랑한다.

상수(常樹)

살아가는 것은 닮아가는 것입니다.

봄에는 벚꽃이 되어 아름다움을 주고

여름에는 버드나무가 되어 시원한 그늘이 되어

가을에는 밤나무가 되어 알찬 열매를 주고

겨울에는 장작이 되어 그들을 위해 내 목숨이

아깝지 않게 하여 주시옵소서.

어느 노부부의 대화

서울 출장을 갔는데 삼성동 현대백화점 지하에서
우연히 노부부가 대화하는 것을 듣게되었습니다.
연세가 여든 초반은 되어 보이시는 분들이셨는데,
할머니가 핸드백을 고르고 있었습니다.

할머니 : 이 핸드백 어때요?
할아버지 : 당신이 하고 있으니 정말 잘 어울리네.

두 분의 대화가 제 가슴에 살포시 내려 앉았습니다.

부부의 행복을 책임지는 말

1. 내가 뭐 도와줄 일 없어
2. 오늘 당신을 위해 기도했어
3. 나는 당신과 이렇게 함께 있는 게 가장 좋아
4. 날 사랑해 줘서 고마워
5. 나와 함께 살아줘서 고마워
6. 기분이 안 좋다가도 당신만 보면 기분이 좋아져
7. 유일하게 내가 잘한게 있다면 당신과 결혼한거야
8. 미안해 내 잘못이야
9. 당신은 어때? 당신 생각을 듣고 싶어
10. 당신 없는 삶은 생각할 수도 없어
11. 죽을 때까지 내가 사랑하는 사람은 당신뿐이야
12. 난 당신을 믿어
13. 날마다 이 모든 일을 해줘서 정말 고마워
14. 오늘 당신이 무척 보고 싶었어
15. 오늘 당신이 자꾸만 그리웠어
16. 당신 오늘 아주 멋져 보이는데

17. 역시 당신이예요

18. 당신이 있어서 얼마나 안심이 되는지 몰라

19. 세상 어떤 것 보다 당신이 우선이야

20. 당신이 없었으면 이 좋은 행복을 모르고 죽을 뻔했어

사랑하는 사람을 외롭게 두지 마세요

같은 공간 같은 시간에 있어도 다른 방향을 보곤 합니다.

사랑하는 사람에게 귀를 기울이세요.

자신의 모든 주파수를 그이에게 모아 놓고

귀를 쫑긋 세워 사랑하는 이에게 온전히 집중하세요.

살 수 있는 시간은 길면 100년.

사랑하는 사람을 만나 함께 할 수 있는 시간은 70년.

그 중 잠자는 시간을 빼면 49년.

직장에 나가고, 사회적인 관계를 맺다보면

그이와 함께 할 수 있는 시간은 고작 29년도 채 안됩니다.

그런데 나이가 들어 병상에 누워 있고

거동을 할 수 없는 시간을 빼면

사랑하는 이와 함께 걸으며 사랑을 나누고 손잡고 안고

뜨거운 키스와 맛있는 밥을 먹을 수 있는 시간은 20년도 안됩니다.

내가 살아온 20년, 아니 살아갈 20년도 눈깜짝할 새

흘러가고 흘러갈 것입니다.

온전히 사랑하는 이와 함께 있을 때

자신의 모든 감각기관과 털 한끝까지도

그이의 말에 집중하고 그이의 가슴을 느껴보세요.

나무처럼 사랑을 해요

사랑의 씨앗이 피어오를 때
세상도 축복하듯 따사로운 봄 기운이
우리를 설레게 만듭니다.
사랑은 꽃이 되어 내 몸을 물들이고
온 세상도 내 주위를 중심으로
도는 거처럼 느껴집니다.
그 사랑의 꽃 떨어질 때
나무는 사랑을 놓지 않기 위해
꽃을 붙잡고 집착하지 않습니다.
결국 그 꽃은 땅을 통해 나에게 스며들고
우리는 새로운 사랑의 씨앗을 피울 수 있으니까요.

기사의 맹세

나는 기사도의 길을 걷는 자로써

기사의 명예와 목숨을 걸고

오로지 그대라는 단 한 사람을 위해

모든 것을 지켜낼 것을 이 검에 맹세합니다.

당신을 힘들게 하는 것은 용기로 답할 것이고,

당신의 행복을 위해 성실로써 모든 것을 해낼 것 입니다.

또한 당신과 만든 우리 아이들을 지켜낼 것이고,

당신에겐 그 언제나 사랑과 신뢰로 대할 것 입니다.

당신을 괴롭히는 자 앞에서 두려워하지 않을 것이며

용감하고 곧게 설 것입니다.

왜냐하면 하느님은 저를 사랑하고 지켜 주시기 때문입니다.

그리고 항상 진실만을 말하며 그것이 죽음으로

이끌지라도 당신을 보호하고 그릇된 일을 하지 않을 것입니다.

그것이 당신을 향한 나의 맹세입니다.

나의 아내에게

나는 맑은 공기가 되어

그대의 상쾌한 아침이 되어 드리리다.

나는 따사로운 햇살이 되어

그대의 포근한 오후가 되어 드리리다.

나는 아늑한 달빛이 되어

그대의 편안한 저녁이 되어 드리리다.

당신이 잠든 꿈 속으로 찾아가

그대의 마흔 다섯번째 새벽을

기다리고 있으니

나 이렇게 매일 당신을 사랑하고

있었나 봅니다.

아내를 위한 보약 30첩

1. 당신 갈수록 더 예뻐지는 것 같아
2. 당신 음식솜씨는 일품이야
3. 역시 나는 처복이 많아
4. 역시 장모님 밖에 없어
5. 요즘 많이 힘들지
6. 여보 사랑해요
7. 다 당신 기도 덕분이야
8. 당신 옆모습은 마치 그림 같아
9. 당신은 애들 키우는데 타고 난 소질이 있나봐
10. 언제 이런 것까지 배웠어? 대단하네
11. 당신 보고 있으면 감탄사가 저절로 나와
12. 눈에 넣어도 아프지 않아
13. 당신은 못하는게 없네
14. 당신은 멀리서도 한눈에 띄어
15. 당신은 뭘 입어도 폼이 난다니까
16. 처녀때나 지금이나 변함이 없어

17. 당신 기억력 보통이 아냐

18. 당신 웃을 때 보면 사춘기 여고생 같아

19. 어 당신 보조개도 들어가

20. 내가 당신 안만났으면 어떻게 되었을까?

21. 내가 당신 때문에 눈만 높아졌지 뭐야

22. 다른 사람은 다 시시해 보이는 거 있지

23. 당신 장모님 닮아 그렇게 이해심 넓은 것 맞지

24. 학교 때 당신 때문에 마음 졸인 놈 한두놈 아니었겠다

25. 난 아직도 연애할 때 생각하면 가슴이 막 떨려

26. 모델 뺨치겠는데

27. 당신 잠든 모습보면 천사같아

28. 아마 당신 같은 사람 찾아 내는 거 쉽지 않을 걸

29. 당신 마음 씀씀이를 보면 내가 부끄러워 질 정도야

30. 다시 태어나도 당신밖에 없어

남편을 위한 보약 30첩

1. 여보, 사랑해요
2. 여보, 아이가 당신 닮아서 저렇게 똑똑하나 봐요
3. 내가 시집 하나는 잘왔지
4. 내가 복받은 여자지
5. 당신이라면 할 수 있어요
6. 여보 내가 당신 얼마나 존경하는 지 모르지요
7. 역시 당신밖에 없어요
8. 내가 시어머니 복은 있나봐요
9. 여보, 작전타임 아시지요?
10. 당신이라면 뭐든지 할 수 있어요
11. 다리 쭉 뻗고 낮잠이라도 주무세요
12. 이제는 쉴 때도 되었어요
13. 당신 덕분에 이렇게 잘 살게 되었잖아요
14. 여보 당신곁에 사랑하는 가족들 있는 거 아시지요
15. 이제 제가 나서 볼 게요
16. 여보, 여기 보약을 한 채 지어 두었어요
17. 당신만 믿어요

18. 건강도 생각하세요

19. 당신 없이 난 하루도 못 살거야

20. 여보, 고마워요

21. 당신은 언제봐도 멋있어요

22. 세상에 당신같은 사람이 또 있을 까요

23. 당신이니까 내가 이렇게 살지

24. 당신은 다른 남자들과는 질적으로 달라요

25. 역시 수준있네요

26. 어떻게 그런 생각을 다 했어요

27. 당신은 하느님 다음이에요

28. 다시 태어나도 당신밖에 없어요

29. 당신을 위해 이렇게 꾸몄는데 나 예쁘죠

30. 당신품에 있을 때가 제일 편안해요

나에게 오월은

하얀 블라우스에 검정 자켓의 그녀가 다가 옵니다.

나에게 오월은 그렇게 시작되었습니다.

오랜 기간 쓰라렸던 겨울이 벚꽃마저 기억에서 외면되어 갈 때

나에게 오월은 그렇게 포근하게 다가왔습니다.

얼굴에 한껏 신록을 담은 그녀는

얼어붙은 내 마음을 녹이고 새로운 세상을 마주하게 했습니다.

하얀 블라우스에 검정 자켓을 입은 그녀가

다가 옵니다.

나에게 오월은 이렇게 머물러 있습니다.

화사한 유채꽃, 목련꽃, 수선화 세상에 흐드러지게 피어도

나에게 오월은 그녀뿐입니다.

오월의 꽃들을 모두 담고 있는 그녀는

세상에 감사하게 만들고 새로운 미래를 기약하게 하는

나에게 그녀는 오월입니다.

〈2019년 5월 12일 처음 만난지 20년이 되는 즈음에〉

사랑을 아끼면 사랑을 받아도 사랑인지 모른다

어느 광고에 이런 문구가 있다고 하네요.

'물감을 아끼면 그림을 그리지 못하고

꿈을 아끼면 성공을 이루지 못한다.'

여기에 어떤 분이 한마디 더 덧붙였습니다.

'웃음을 아끼면 행복해 질 수 없다.'

그래서 저도 하나 덧붙였습니다.

'사랑을 아끼면 사랑을 받아도 사랑인지 모른다.'

사랑을 주고 받는 하루가 되었으면 합니다.

내 인생의 보물

내 인생에는 우리나라 남대문, 불국사보다 더욱 값진 보물이 있다. 그 보물들은 여느 보물과 달리, 보면 볼 수록 나에게 더욱 가치있고 아름답게 느껴진다.

첫 번째 보물 제1호는 나의 아내이다.

1999년 그 해 5월 내 나이 33살. 별로 크게 가진 것도 내세울 것도 없는 나였지만 왠지 모르는 보상심리라고나 할까, 점점 시간이 지나면 지날 수록 나의 오장육보에 더욱 욕심만 불어나 내 나이는 생각지 않고 오히려 선을 보는 조건이 더욱 까다로와 지고 눈은 더 높아지고 있었다. 하지만 엄청난 선과 가족의 강요로 인해 나는 지쳐가고 있었고 주위의 관심과 시선은 더욱 힘겨운 중압감으로 다가와 나 자신을 반쯤 포기하게 만들고 있었다. 이 때 갑자기 난데없이 전혀 모르는 여자에게서 날아든 전화가 있었다. 직원 중에 아는 분에게 이야기를 들었는데 혹시 선을 한번 보지 않겠느냐는 내용이었다. 처음에 전혀 모르는 여자에게서 온 전화라 갑작스러운 당혹감에 난 선을 보기를 거부했다. 하지만 그 여자분에게서 나온 한마디에 나의 손은 어느새 메모지와 볼펜을 찾고 있었다. 그 한마디는 김혜수를 닮았다는 것이었다. 물론 바로 옆에 부산에서 잠시 올라와 계신 모친의 권유도 강했지만 솔직한 심정으로 사실 그 말이 더욱 피부로 와닿는 느낌이었다.

그녀를 영일대에서 6시 10분에 만나기로 했다. 하지만 6시 10분쯤 그녀에게서 메시지가 왔다. 갑작스런 회사의 일 때문에 조금 늦어 진다는 것이었다. 6시 40분쯤 그럭저럭 참하게 생긴 여자가 나의 테이블에 와서 인사를 하며 자리에 앉았다. 잠깐 인사를 나누고 이름을 여쭤보았더니 내가 오늘 만나기로 한 여자분의 성함이 아니었다. 순간 서로 쑥스러움에 얼굴이 빨개지고 그 여자분은 황급히 다른 테이블로 이동했다. 짧은 순간이었지만 많은 생각이 교차했다. 오늘도 텃구나 하는 불길한 생각이 뇌리를 지배할 때쯤 하얀색 셔츠에 검정색 상, 하의를 걸친 여성분이 나에게 다가왔다. 오늘 내가 만나기로 한 그녀였다. 조금전에 나의 자리에 왔던 여자보다 나아 기분이 나쁘지 않았다. 1시간 정도를 이리저리 탐색전을 통해 그녀를 파악하고 함께 밥을 먹으면 잘 안된다는 미신을 가슴에 담고 아쉬운 맘을 뒤로 한채 집에 계신 모친 핑계를 대고 자리를 일어났다. 차를 타고 돌아오면서 나름대로 괜찮은 시간이었다고 느껴졌다. 돌아오는 도중 다른 아주머니에게서 전화가 왔다. 어제 전화한 언니의 동생인데 좋은 선자리가 하나 있는데 선을 보라는 전화였다. 난 조금전에 선을 보아서 별로 안보고 싶다고 했지만 그 마담뚜는 하루에 몇 번 선을 보는 사람도 있는데 밑져야 본전인데 더 좋은 인연이 있을 수도 있다고 한사코 권유하며 시간까지 잡아놓았다고 이야기했다. 난 강력하게 거부는 못하고 혹시 더 나을 수도 있겠지 하는 되지도 않은 욕심에 수락을 하고 말았다. 사실 이것이 지금도 내 아내에게 매우 미안한 부분이다.

선을 보러갔다. 그 사람을 본 순간 나의 마음은 점점 굳어져 갔다. 선을 보는 시간 내내 그녀가 보고 싶었다. 아마 그게 인연이었을 것이다. 선을 보고 저녁에 그녀와 만나기로 했다. 그녀를 다시 본 순간 그녀의 밝은 마음과 예쁜 얼굴이 새롭게 나에게 다가왔다. 그 후로 우린 매일 거의 하루에 한번씩 만났다. 만나면 만날 수록 그녀는 이 세상의 어떤 다이아몬드보다 수정보다 아름다운 보석이었고 어떤 귀여운 인형보다 사랑스러웠다. 그녀는 누구도 미워할 수 없는 매력을 지니고 있다.

어느 날 그녀가 나의 보물 제2호를 가졌을 때였다.

그녀는 배가 유난히 남산만하게 불러서도 매일 매일 비가 오나 눈이 오나 뒤뚱 뒤뚱 거리며 청송대를 걸어다녔다. 난 안타까운 마음에 왠만하면 하루 쉬라고 했지만 그녀는 아이에게 좋은 공기를 맡게 해야 한다며 하루도 빠짐없이 청송대를두바퀴씩 돌았다. 지나가던 사람들은 어느새 그녀 이야기로 화재를 이룰 정도였고 난 그녀의 그런 모습이 너무 대단하게 까지 느껴졌다.

그녀를 미워할 수 없는 이유가 또 있다. 배가 너무 불러 병원에 갔을 때였다. 이미 우리 보물 제2호는 거의 4kg에 가까워지고 있었기 때문에 유도분만을 통해 일주일 빨리 낳기로 결심했다. 사실 난 제왕절개로 크게 안 아프게 낳았으면 하는 바램이었지만 그녀는 한사코 자연분만을 고집했다. 수술실에 들어갔을 때 난 긴장감을 감추지 못했다. 그녀는 고통스러움에 내 손을 꼭 움켜지고 이빨을 악물고를 여러번 반복했다. 그녀가 기진맥진하여 힘이 빠지는 것 같았다. 그런데 의사선생님이 애기의 맥박이 떨어지고 있다고 하니 어디서 다시 힘이 솟는 지 안간 힘을 다해 힘을 주었다. 그것을 몇 번 반복했다. 우리 보물 제2호의 머리가 보이기 시작했고 마지막 그녀의 신음과 동시에 애기가 나온 것을 보았다. 그 순간 다른 여자들은 어떻게 하는 지는 보지 못해서 모르지만 그녀는 바로 감정에 복받쳐 흐느끼는 목소리로 의사선생님께 연신 고맙다는 말을 전했다. 나도 눈물이 앞을 가려 어찌할 바를 몰랐는데 그 순간에서도 의사선생님께 고맙다는 말을 잊지 않는 그녀를 정말 누가 미워할 수 있겠는가?

벌써 그녀를 만난지 4년이 되어간다. 우리 보물 제2호는 무럭무럭 잘 커가고 있다. 난 지금 모든 일들이 잘 풀려 가는 것 같다. 우리 보물 제1, 2호 덕에 그토록 입성하고 싶었던 지곡단지 안에 작은 보금자리를 꾸밀 수 있게 되었고 다른 일들도 잘 진행되는 것 같다. 이것이 다 아마 두 보물 덕인 것 같다고 나는 누누이 생각해 본다. 몇일 전 나의 월급날 그녀는 내가 좋아하는 켄터키 치킨과 맥주를 시키고 기다리고 있었다. 난 단순하게 어린아이처럼 좋아하며 연신 켄터키를 뜯고 있는데, 그녀가 보물 제2호에게 교육을 시키고 있었다. "지찬아! 지금 네가 맛있게 음식을 먹을 수 있는 것은 아빠가 한달동안 고생해서 우리를 위해 열심히 일 했기 때문이야. 그래서 아빠에게 감사하는 마음으로 먹어 알았지"하는 것이 었다. 난 먹다가 웃음이 나와 어쩔 줄 몰랐다. 그렇게 말하는 그녀를 보고 무슨 말인지 알지도 못하면서 고개를 끄덕이는 지찬이를 보니 너무 웃겨 죽는 줄 알았다.

바로 이게 행복인 것 같다.

몇일 있지 않으면 그녀의 생일이 돌아온다. 매년 내 나름대로의 이벤트로 그녀를 놀래 주고 있다. 서태지는 매년 창작의 고통에 힘겨워 했지만 사실 나에게는 내가 아이디어를 짜서 매년 기쁨을 줄 수 있는 상대가 있다는 것이 너무 행복하다. 올해는 그녀에게 맛있는 생일상을 직접 차려 주고 싶다.

난 항상 집에서 식사할 때 기도를 한다. "하느님 감사합니다. 맛있는 음식을 만들어 줄 수 있는 아내를 주심을, 또 나를 바라보고 연신 웃고 있는 귀여운 내 아기를 주심을 감사드립니다"

나의 보물 제1호와 제2호는 어김없이 오늘도 나를 기다리고 있다. 이 세상 무엇과도 바꿀 수 없는 소중한 나의 보물.

누군가 술을 한 잔 하자고 한다. 근데 너무 미안하게 난 어느새 악세레이터에 힘차게 발을 옮겨 나의 보물섬으로 향하고 있다.

내가 당신과 지찬이를 사랑하는 이유는

생각만 해도 기분이 좋아지기 때문이야.

아무리 힘든 일이 생겨도 당신과 지찬이만 생각하면

저절로 힘이 생겨나.

언제나 따뜻함으로 날 맞아주는 나의 가족.

전쟁터에서 상처로 얼룩진 마음으로 돌아와도

따뜻함으로 기다렸다는 듯 감싸주는 가족.

내가 당신과 지찬이를 사랑하는 이유는

아무런 이유가 없어.

어떤 이유를 붙여도 사랑하는 진정한 의미를

다 표현해 낼 수 없을 것 같아.

그저 내 곁에, 내 안에 당신과 지찬이가 존재하기 때문이고, 우연처럼,

필연처럼, 운명처럼, 섭리처럼 만났기 때문이야.

많이 힘들지.

또 다른 우리 사랑을 잉태하기 위해
오늘도 불편한 몸으로 하루를 보내고 있을 당신을
생각하니 지찬이 때도 그랬지만 많이 미안해 진다.
나에게 많이 서운하지. 이렇게 당신에게 받은 것은 많은데
그만큼 내가 돌려주지 못해 올 한해도 못내 아쉽구나.

당신이 있어서 얼마나 안심이 되는지 몰라.
내 직장, 내 친구, 세상의 어떤 것보다 내 인생에는 당신이 우선이야.

날마다 이 모든 일을 해 줘서 정말 고마워.
나와 가장 가까운 애인이 누군지 알아? 바로 당신이야.

결혼을 다시 해야 한다면, 그때도 난 당신과 할 거야.
오늘 낮에 당신이 무척 보고 싶었어.
오늘 당신이 자꾸만 그리웠어.

내가 세상에서 유일하게 잘한 일이 있다? 그건 당신과 결혼한 일이야.
당신은 정말 특별한 사람이야.
당신 없는 삶은 생각할 수도 없어.
내가 당신한테 언제까지나 좋은 반려자가 되길 바래.
내가 뭐 도와 줄 일 없어?

오늘 당신을 위해 기도했어.

당신과 이렇게 함께 있는 게 난 가장 좋아.

날 사랑해 줘서 고마워.

나와 함께 살아 줘서 고마워.

며칠전 동남아시아 재앙을 보고 난 다시 한번 깨달았어.

우리 사는 동안 행복하자. 너무 아둥바둥 할 필요없어.

잘 살기 위해서 최선을 다해야 하지만 내가 가진 재산에 집착할 필요는 전혀 없어.

내가 오늘이 있기 까지 내 곁에서 힘이 되어준 당신 내 모든 것을 주어도 아깝지 않아.

마지막 내가 죽는 날까지 우리 집사람, 지찬이, 뱃속에 아이의 행복을 위해 난 끝까지 이겨낼 거야.

사랑해.

동반

다시는 돌아갈 수 없는 산을 오르며
세찬 비바람에 쓰러져도 보았고
맑은 공기, 따사로운 햇살에 흠뻑 젖어도 보았다

산 중턱쯤 나의 손을 맞잡은 여인과
아름다운 경치를 속삭이며
때론 공허한 아우성을 삼키며
뒤를 돌아 볼 겨를 없이
발자취 두 쪽 남기고 다다른 정상
불어오는 바람에 땀방울 식히며
올라온 길을 내려 보고 내려갈 길을 굽어본다.

세상에 남겨 놓은 대추 두 알
우리가 꽃 피운 아름다운 흔적 따라
잘 필 것이니
놓았던 당신의 손을 다시 부여 잡고

한 걸음 아래로 디뎌 본다.

이젠 시원한 시냇물에 함께 발도 담궈 보고

고즈넉한 정자에서 한 숨 쉬어도 보자.

언젠가 마을 어귀에 불빛이 보일 때쯤

모든 것 내려 놓고 우리 편히 쉴 자리 찾아

지나왔던 인생 여정 함께 나누며

조용히 눈을 감을 것을…

그대에게

나는 맑은 공기가 되어

그대의 상쾌한 아침이 되어 드리리다.

나는 따사로운 햇살이 되어

그대의 포근한 오후가 되어 드리리다.

나는 아늑한 달빛이 되어

그대의 편안한 저녁이 되어 드리리다.

당신이 잠든 꿈속으로 찾아가

그대의 마흔 다섯번째 새벽을

기다리고 있으니

나 이렇게 매일 당신을 사랑하고

있었나 봅니다.

당신을 오래전부터 사랑해왔습니다

태어나기 전부터 난 어둠 속에서 한 줄기 빛을 찾아나섰습니다.

수없이 많은 고난과 역경을 맛보았지만 당신을 향한 그리움은

새로운 시작이었습니다.

어느덧 세월이 흘러 그 빛이 무엇이었는지

기억에서 희미해져 갈 때쯤

그 그리움은 외로움이 되어버렸습니다.

나를 미치게 만들며, 다시 어둠의 바다로 내던져버렸습니다.

하지만 난 그 실타래 같은 그리움의 끈을 놓치지 않았습니다.

엄청난 파도와 바람에 찢기어져 가슴 가슴 생채기가 나고

피가 나도 난 끝까지 놓치지 않았습니다.

난 무서웠습니다. 이렇게, 이렇게 죽어가는 것이구나 하는

생각까지도 들었습니다.

지쳐버린 나의 육신을 파헤치는 벌들의 잉태에도

난 아픔을 느끼지 못했습니다.

눈을 떴습니다. 아침입니다. 여느 때의 아침과 달리 오늘은
수면 위로 떠오르는 태양의 강렬함이 지금까지 느낀
어느 뜨거움보다 숨이 멎게 할 정도로 나를 녹여버립니다.

난 그때, 다시 놓치지 않았던 끈을 힘껏 부여 잡았습니다.
그 끈은 나에게 생명이었습니다.
난 한없이 당겼습니다. 쉬지 않고 끊임없이.

지금 나는 행복합니다.
내 눈 앞엔 많은 풀들과 꽃들이 어우려져 있습니다.
제 옆에는 희망의 두 샘이 용솟음치고 있습니다.
오늘 아침 난 사무실로 출근을 했습니다.

문득 나의 뇌리를 스치며 희미했던 어둠의 빛이
무엇이었는지 이제야 알 것 같았습니다.
어둠속에서부터 나를 놓치지 않았던 그 빛은 바로 당신이었습니다.
난 당신을 오래 전부터 사랑해 왔었습니다.
언제나 죽어죽어 새롭게 태어나도 난 당신의 빛을 찾아가겠습니다.

제3장

사랑의 씨앗

아빠의 아들에 대한 바램

온실 속의 아이로 만들기보다는

때론 비바람, 눈보라를 맞으면서도 튼튼히 뿌리를 내리고

결국 넓은 가지와 잎으로

많은 사람의 그늘을 만들어 줄 수 있는 사람이 되길 바란다.

이 세상에 실패는 없단다.

항상 새로운 도전이 있을 뿐이지.

아들, 파이팅!

아빠의 딸에 대한 바램

현실에 감사하면서 세상을 긍정적으로 볼 줄 알고

타인의 아픔을 너그러이 감싸주는 아름다운 여인이 되었으면

사랑하는 지영이에게

지영이의 10번째 생일이 곧 다가오는 구나

자기 일 똑 부러지게 하는 내 딸, 애교가 많아 아빠에게 많은 웃음을 주는 내 딸, 친구들하고도 사이좋게 지내는 귀여운 내 딸 지영이. 아빤 운이 좋은 것 같다. 이런 예쁜 아이가 아빠의 딸이 되었다는 것에 대해 하느님께 무한한 감사함을 느낀단다. 아빠는 지영이의 수호천사가 되고 싶단다. 지영이가 아프고 힘들 때 항상 옆에서 힘이 되어 주는 그런 아빠가 되고 싶단다.

지영아, 앞으로 세상을 살아가다 보면 많은 선택의 갈림길에 놓일 거야. 아빠는 너의 선택을 존중할 거야. 선택한 일에 대해서는 후회하지 말고 그 선택을 최선으로 만들 수 있도록 해야 한단다. 지난번에 지영이가 올 백을 맞은 것은 우리 지영이가 놀고 싶은 유혹들을 뿌리치고 열심히 공부한 결과야. 앞으로 학교에서 시험을 치다보면 꼭 백점을 못받을 수도 있어 하지만 지영이가 최선을 다한 모습에 후회하지 않았으면 한다.

지영아, 아빠가 지영이 태어날 때 했던 말이 무엇인지 알지? 아빠는 지영이가 엄마 뱃속에서 나오자마자 귀에 대고 "예쁘고 귀하게 커라고"했단다. 예쁘다는 것은 외모 뿐만 아니라 남들을 배려하고 존중하는 예쁜 마음도 포함된 것이고 귀하다는 말은 다른 사람으로부터도 존중을 받을 수 있도록 현명한 지혜와 몸가짐을 가져야 한다는 아빠의 바램이란다.

아빠 지영이가 주는 웃음에 하루의 스트레스를 다 날려 버린단다. 지영이하고 책을 읽을때도 행복하고 지영이하고 손잡고 등교할 때도 행복하단다. 너는 아빠에게 많은 행복을 주는 존재야.

사랑하는 나의 아들 지찬이, 딸 지영이에게

어느새 지찬이가 13살, 지영이가 10살이 되었구나.

아빤 너희들이 태어날 때 옆에서 끝까지 지켜 보면서 눈물을 흘려 보았기에 너희들에 대한 소중함이 더 애틋하단다.

씩씩하고 예쁘고 건강하게 자라줘서 정말 고마워.

아빤 너희들이 온실 속에서 자라는 귀한 꽃보다 들판에서 자란 잎이 무성한 나무가 되길 바래.

귀하게 자라 너무 예뻐 만지기 아까운 꽃보다는 바람, 비, 눈을 맞으며 뿌리 깊고 튼튼하게 자라 넓게 가지를 펼치고 때론 지나가는 나그네의 그늘을 만들어 줄 수 있는 버드나무가 되길 바래.

넓은 마음과 따뜻한 사랑으로 세상을 안을 줄 아는 그런 나무~

지찬아, 지영아 아빠는 너희들이 있기에 오늘도 씩씩하고 행복하게 사회를 향해 한 걸음을 내 디딜 수 있단다. 이 세상 많은 부모 가운데 아빠에게 태어나줘서 너무 고맙고 하느님께도 깊이 감사드린다.

하느님이 우리를 이 세상에 보낸 사명이 있을 거야. 우리 함께 그것을 찾고, 함께 가자꾸나.

너희들의 장난꾸러기 아빠가

사랑하는 아들에게

몇일전 처음으로 아빠가 텃밭을 일구어 상추, 부추, 고추씨를 심었단다. 그렇게 크지는 않지만 고랑을 파고 이랑을 만들면서 농사가 쉽지 않다는 것을 알았단다. 그렇게 처음으로 만든 밭에 물을 주며 싹이 트기를 기다렸는데 다음날도 그 다음 날도 싹이 보이지 않아 정말 싹이 틀까 생각하며 스스로 의심하기도 했단다. 몇일이 지나 물을 주고 다시 몇일을 기다리는데 역시 조그만 싹은 보이지 않고 그저 황량한 밭만 덩그러니 보이니 마음이 조금 조급해지기 시작하더구나.

어느날은 3일 정도 물을 주지 못해 저녁에 퇴근하자마자 바지와 신발이 흠뻑 젖어도 아낌없이 물을 주기도 했단다. 다음날 아침 운동을 하기 위해 집을 나서자마자 화단을 먼저 챙겼는데 정말 놀랍게도 파란 싹이 쬐그맣게 보이더구나. 나는 그 순간 정말 얼마나 기뻤는지 몰랐단다.

그것을 보다가 문득 나에게 작은 깨달음이 느껴졌단다.

몇일전 너에게 크게 혼을 내고 몇일동안 말을 하지 않고 있었는데 내가 너무 조급했구나 아들이 분명 언젠가 싹을 틔울 것인데 내가 그 싹을 너무 급하게 찾고 있었구나. 분명 이 아이는 훌륭하게 될 아이인데…….

성당에서 아빠가 앞에서 해설을 하는데 설마 성당에 오겠냐고 생각했는데 봉헌할 때 앞으로 성큼성큼 걸어나오는 너를 보니 순간 가슴이 울컥하더구나. 다음 사회를 진행해야 하기에 흘러 나오려는 눈물을 참아낸다고 혼이 났단다.

아들아 정성으로 키운 나의 사랑하는 아들 지찬아. 자식농사도 농사와 마찬가지로 정성이 들어가야 싹이 나오고 기다려야 할 시간이 필요하다는 것을 알았단다.

아들아 공부한다고 힘들지. 힘내고 앞으로 펼쳐질 너의 세상을 위해 오늘의 시련을 뚫고 언젠가 분명 싹을 틔울 너의 희망을 기대하며 당당하게 살아가거라.

정말 사랑한다.

사랑하는 내 딸

잔잔한 호수에 비치는 달빛 사이로

유유히 흐르는 백조처럼

아름답고 빛나는 인생을 살아라.

그 백조 물에 떠있기 위해 보이지 않는

발짓을 무수히 하겠지만,

그 모든 것이 너의 인생의

일부라고 받아드리는 순간,

넌 좀 더 윤택한 인생을 맞을 수 있단다.

이 하루를 삶의 마지막인 것처럼 살자

지구에서는 1초마다 3명 이상,

1분마다 180명 이상, 1시간마다 1만 1천명 이상

매일 25만 명 이상이 죽는다고 합니다.

죽음은 삶만큼이나 일상적입니다.

그래서 우리는 언제든지 이 세상을 떠날 수 있다는 사실을

가슴에 새겨 두고 살아야 합니다.

그래야 지금 이 순간을, 내게 주어진 이 시간을,

이 하루를 삶의 마지막인 것처럼 최선을 다해 살 수 있습니다.

죽음을 앞둔 사람이 가장 후회하는 것은

'더 많이 사랑하지 못한 것'이라고 합니다.

우리가 평소 얻기 위해 발버둥치던 돈, 명예, 권력이 아니라…

어제 저녁에는 딸아이와 둘이 '아버지는 딸'이라는 영화를 보았습니다.

어렸을 적에도 TV나 영화를 보다 슬픈 장면이 나오면

눈물을 무척 많이 흘렸는데

이제는 어떤 장면에서 미리 슬픔을 예측해

남보다 한순간 빨리 눈물이 나곤 합니다.

언젠가 나의 딸도 사랑하는 사람을 찾아

내 품을 떠나고 나도 그녀의 품을 떠날 것입니다.

열심히 사랑할 것입니다.

지금 이 순간 후회없도록…

내가 지금까지 살면서 유일하게 잘한 것

아침 식사를 하는데

아내가 갑자기 큰 아이에게 이런 이야기를 합니다.

"지찬아, 내가 지금까지 살면서 유일하게 잘 한 것이 뭔지 아니?"

큰 아이는 아내를 무심히 쳐다 봅니다.

"그건 너희 아빠를 만나 너희에게 훌륭한 아빠를 만들어 준 거란다."

큰 아이가 "네."하고 대답합니다.

새롭게 만든 텃밭

직접 밭을 일구고 둘째와 함께 씨를 심었습니다.

상추씨, 고추씨, 부추씨

집사람이 산 호스 굵기가 맞지 않아

몇 번을 수도꼭지에 연결하다 호스가 터져

옷이 흠뻑 젖어 버렸습니다.

둘째는 제 모습이 우스운가 봅니다.

다시 철물점을 들러 맞는 호스를 사서 다시 시도해 봅니다.

이번에는 시원하게 물이 나오네요.

밭에 흠뻑 물을 주고 몇 일을 기다리다 다시 물을 흠뻑 주었습니다.

씨앗이 나오기만을 기다렸습니다.

이리저리 매의 눈으로 보았지만 씨앗이 보이지 않았습니다.

다시 몇 일 뒤 물을 흠뻑 주었습니다.

새벽에 일어나 운동을 하기 위해 나가는데

아주 쬐그만 씨앗들이 여기저기 보이는 것이었습니다.

역시 정성이 들어간 것은 그렇게 보답을 하는가 봅니다.

땅은 거짓말을 하지 않으니까요.

문득 아이들이 생각이 났습니다.

아직 씨앗이 자라는지 안자라는지

우리는 매일 노심초사 마음 졸이며 걱정을 합니다.

하지만 분명 언젠가는 파릇한 씨앗이 될 것이라는 것을,

분명 이 땅의 밀알이 될 것이라는 것을 우리는 믿어야 합니다.

새로운 생명의 시작

열달 한몸으로 있었던 아들, 딸이 다른 몸이 되기 위해

저를 찢어지게 아프게 하더니

열달을 웃음으로 나를 치유해 주었습니다.

그들이 내게 준 웃음은 새로운 생명의 시작…

이제 다른 곳으로 떠나갈 때가 되어가니

제 마음을 다시 찢어지게 아프게 합니다.

이렇게 저의 몸과 마음이 헤어져야

그들도 새로운 생명을 얻을 수 있다면

이 한 몸 부서지면 어떠하겠습니까?

그들이 내게 준 웃음으로 얻은 새로운 생명이기에

저는 그들에게 감사하며 남은 생을 비우며 살렵니다.

천천히 삶을 즐겨라. 너무 빨리 달리다 보면

경치만 놓치는 것이 아니라 어디로

가는지 왜 가는지 조차도 놓치게 된다.

신종플루 체험기

지난 목요일부터 집안이 부산하기 시작했다. 집사람은 이리 저리 채널을 가동해 긴급히 연락을 취했다. 큰 애의 반 친구가 신종플루에 걸린 것이다. 전화 통화를 엿들어보니 여성 분들은 당황해 서로 어찌할 바를 모르는 것 같았고 막연히 왜 열이 있는 아이를 학교에 보냈고 방과 후 수업에는 왜 참여시켰는지 서로 푸념만 늘어 놓으며 전화 대화만 열중하는 것 같았다. 그 날 저녁 둘째는 외할머니 집에서 놀고와 많이 피곤했는지 씻자고 하니 칭얼대기 시작했다. 난, 잠깐 고민을 했다. 목욕을 시켜야 할지 아니면 손, 발만 씻길지 어떤 것이 나은지 집사람에게 물어보니 둘째는 목욕을 시켜야 한다는 것이었다. 그래서 계속 칭얼대는 애를 목욕탕에 데리고 들어와 씻기는데 그날따라 몹시 추워하는 것 같았다. 나는 걱정이 돼서 목욕탕안에서 로션을 바르고 빨리 옷을 입혀 내 보냈는데 밖에서 춥다고 우는 소리가 들렸다. 그 뒤 내가 씻고 나왔을 때 이미 둘째는 몹시 피곤했는지 잠자리에 들어가 있었다. 난 측은한 마음에 머리를 만지는데 나의 손에 작은 미열이 느껴졌다. 그날 저녁 자면서 나는 둘째의 열이 비록 미열이지만 떨어지도록 잠결에서도 무의식적으로 몸을 어루만지고 배를 쓰다듬으며 이불을 차면 몇 번씩 이불을 덮어주는 등 비몽사몽간으로 밤을 지샜다. 아침에 일어나 열을 재보니 다행히 36.8도 정도였다. 집사람에게 저녁에 있는 할로윈데이에는 가급적 둘째를 보내지 않도록 이야기했다. 하지만 집사람은 애가 얼마나 기다리던 날인데, 그리고 감기 정도인데 하며 이미 보내기로 결심한 것처럼 느껴졌다. 그 날 저녁 퇴근 때 첫째와 가장 친한 아이가 신종플루 확진 판정을 받았다는 소식을 접했다. 점점 두려움이 우리 가족의 코 앞까지 온 것 같아 불안했다. 첫째가 특히 걱정이 되었다. 난 첫째도 그렇고 둘째도 그렇고 이런 상황에서 가급적 할로윈데이에는 가지 않았으면 내심 바랬지만 집사람은 피아노 학원에 갔다온 첫째의 외출복을 준비하고 있었고 나에게도 빨리 식사 후 시간에 맞춰 갈 수 있도록 식탁에 식사준비를 해 놓은 상태였다. 이미 그 때는 둘째를 학원에 보낸 상태였고 둘째는 부모가 오기를 기다리는 상황이라 어쩔 수 없이 갈 수 밖에 없었다. 학원에 가서 둘째의 재롱을 보자니 그 속에 완전히 빠져 들어 걱정거리는 머리 속에서 잊혀졌다.

아이들이 준비한 행사가 끝난 후 집으로 도착했을 때 거의 10시가 다 되어 갔다. 첫째는 어제 목욕을 하지 않았기 때문에 몸을 씻겨야 했고 둘째는 어제 목욕을 했기에 손과 발, 얼굴만 씻기고 재우려고 했지만 행사 옷을 입고 있었는지라 집사람은 목욕을 시켰으면 했다. 둘 다 씻기고 잠을 재웠다. 기침을 하길래 목에다 따뜻한 수건으로 감싸게 했다. 나도 일찍 아이들과 함께 잠에 들었다. 나도 모르게 11시쯤에 잠에서 깼다. 아이들의 머리를 만져보니 둘다 뜨거웠다. 특히 첫째의 머리는 불덩이 같았다. 나는 급히 통에 찬물을 담아 와서 찬수건을 적셔 계속 첫째와 둘째의 머리를 식히는 일을 반복적으로 했다. 12시 10분이 되었을 때 집사람이 운동하고 들어오는 소리가 들렸다. 집사람은 이 방에서 어떤 전투가 일어나는지는 모르고 그 뒤에도 한참 방안에 들어오지 않았다. 1시쯤이 되었을 때 나는 방 바깥으로 배쥬스를 가지고 오라고 소리를 쳤다. 그제서야 집사람은 방에 들어와 일어나고 있는 상황을 확인하기 시작했다. 그리고 꿀물을 타와 첫째와 둘째에게 주었다. 둘 다 얼마 마시지 못하고 곧이어 다시 잠으로 들어갔다. 나는 첫째의 몸 전체를 계속 어루만지기 시작했고 둘째의 몸도 번갈아 가면서 필사적으로 어루만지며 그 밤을 보냈다. 아침에 일어나 아이의 열을 재보니 첫째는 39도를 넘었고 둘째는 37도를 넘었다. 집사람은 아침을 준비했고 일찍 병원에 가기 위해 아침을 먹였지만 둘 다 거의 먹지를 못했고 첫째는 특히 너무 아팠는지 울기 시작했다. 안되겠다 싶어 식사하는 도중 나는 재촉해 병원으로 다 같이 향했다. 검진을 받기 전 첫째는 머리를 나에게 기대고 누웠다. 애처로웠다. 첫째의 차례가 되어 검진을 받는데 입 속으로 막대가 들어가자 첫째는 또다시 울기 시작했고 구토까지 했다. 앞에 쏟아진 오물을 닦으며 별일 아니기를 빌었다. 하지만 검진 결과는 신종플루였다. 의사는 타미플루 처방과 해열제를 함께 처방해 주었다. 집사람은 의사에게 타미플루를 먹이면 아이에게 좋지 않은 것 아닌지 하는 답답한 질문을 했다. 난 마음 속으로 약이란 자체가 안 좋은 것을 알지만 현재로서는 그것을 먹여야지만이 방법이 없지 않나 하는 생각을 했고 의사도 나와 똑 같은 이야기를 해 주었다. 아이를 데리고 집으로 오면서 아이에게 맞는 용량을 사기 위해 거점 약국을 찾았다. 둘째도 감기가 있었기 때문에 혹시 몰라 의사는 함께 처방을 해 주어 서로 다른 용량을 같이 확보하고 있는 약국을 찾아 다녔다. 첫째는 45mg, 둘째는 30mg의 약을 구해 집에 왔다. 집사람은 오는 도중 차 안에서 일단 약부터 먼저 먹였다. 첫째는 집근처에 와서 차에서 내리자마자 다시 구토를 해 조금전 먹었던 약을 다 토해 냈다. 다시 집에 올라가 약을 먹이려 하는데 첫째는 너무 힘들어 했다. 아무 것도 먹지 못하는 것이었다. 아이를 꼬시기 시작했다. 로보트태권브이가 보고 싶다 해서 이 밥을 먹으면 로보트태권브이를 빌려 오겠다고 했다. 첫째는 몇 숟가락 억지로 뜨기 시작했다. 얼마 먹지 못했지만 그것이라도 다행이다 싶었다. 푹 재우기 위해 나는 로보트태권브이를 빌리기 위해 비디오샵에 갔다. 돌아와서 아이들과 같이 누워 로보트태권브이를 봤다. 둘 다의 가슴에 나의 체온을 느끼게 하기 위해 내 품속으로 바짝 당겨 붙여 비디오를 보았다. 나도 머리가 조금씩 아파온다는 것을 느꼈다. 내가 아프면 안 될 것 같아 나는 아이들이 비디오를 볼 때 푹 자야겠다 싶어 둘을 안고 잤다. 둘째는 그런 것도 모르고 내가 일어 났을 때 나에게 이런 이야기를 했다. "아빠, 왜 우리가 비디오 볼 때 자요?"

그렇게 아이들과 몸을 부대끼고 있을 때 집사람은 이제 어느 정도 안심이 놓였는지 골프연습을 한다고 나가는 것이었다. 한편 마음으로 섭섭했다. 아이들이 이렇게 아플 땐 좀 쉬고 옆에서 같이 챙겨주지 하는 마음이 들었다.

나는 집을 환기시키고 아이들에게 배쥬스를 챙겨 주었다. 그 날 저녁까지 계속 아이들과 붙어 이리 저리 뒹굴었다. 다행히 첫째가 열이 많이 내려 안심이었다. 일부러 땀을 한껏 내게 하기 위해 이불을 바짝 덮어 주고 둘을 꽉 껴안았다. 둘 다 땀이 나길래 나는 우습지만 이것으로 경쟁을 불러 일으켰다. 땀이 많이 나는 사람이 1등이다 하니 아이들은 서로 내가 땀이 많이 난다며 우기기까지 했다. 그렇게 하며 애들과 이겨냈다. 집사람은 2시간 뒤에 들어 와 저녁밥을 차리고 다시 10시쯤 넘었을 때 친구와 운동을 하기 위해 나갔다. 그리고 나는 아이들을 데리고 책방에 데려가 잘 준비를 하고 방을 데웠다. 애들이 신경 쓰여 자다가 잠이 깼다. 거실에 나가 보니 집사람은소파에서 꾸벅 꾸벅 졸고 있었다. 아마 운동하고 와서 빨래를 널다가 잔 모양이다. 나는 또 한번 섭섭했다. 이럴 때는 나까지 쓰러지면 안된다는 생각으로 최대한 자기 몸을 챙겨야 하는데 왜 저럴까 하는 생각에 화가 났다. 아니나 다를까 아침부터 집사람이 pc가 있는 방에서 생협에 주문을 한다고 들어가 있더니 잠시 후 열이 난다고 하며 찬방에 이불을 깔고 누워 있는 것이었다. 아프다면서 찬방에 이불하나 깔고 누워 있는 집사람을 보니 정말 화가 머리 끝까지 치밀었지만 난 책방에 보일러를 올려 방을 따뜻하게 만들고 이불을 깔아 놓은 뒤 집사람에게 저 방에 가서 자라고 했다. 나는 다시 거실에 요를 깔고 아이들과 뒹굴었다. 환기를 시킨 후 걱정이 돼서 아이들과 집사람에게 줄 꿀물을 탔다. 첫째에게 엄마에게 갔다드리라고 이야기했다. 집사람은 계속 방에 드러누워 있었다. 아이들이 비디오를 보고 싶어해 비디오샵에 가 비디오를 빌려오면서 떡하고 떡볶이를 사왔다. 그리고 어제 저녁에 집사람이 고구마와 같이 먹을 우유를 사오라고 했는데 깜빡했기에 오면서 우유도 사왔다. 집사람이 누워있는 방에 들어가 아이들에게 엄마 드시라고 해라고 했다. 집사람은 먹지도 않고 누워있었다. 아이들은 맛있게 먹었다. 몇 개의 떡과 집사람이 좋아하는 고구마, 우유는 남겨 두고 다시 거실로 나왔다. 아이들은 약을 먹어야 하기에 카레라면을 끓여 밥을 함께 말아 같이 먹었다. 설거지를 하고 다시 아이들과 누웠다. 집사람은 오후까지 계속 잤다. 6시쯤인가 일어나서 저녁식사를 챙기기 시작했다. 얼굴을 보니 몸이 한결 좋아진 것 같았다. 다행이다 싶었지만 겉으로는 너무 밉게 보였다.

이제 한고비를 넘긴 것 같았다. 대부님은 걱정이 돼서 몇 번 전화를 주셨고 집사람과 애들로 인해 심려를 끼쳐 드려 죄송하기만 했다. 저녁이 돼서 다음날 출근으로 고민이 되었다. 나는 다음 주 꼭 쉬어야 하는 일이 있어 가급적 사무실에 출근을 하려고 했다. 그런데 자기 전에 첫째가 나에게 내일 아빠 같이 있었으면 좋겠다고 했다. 난 내일 출근을 해야 한다고 하니 아이가 훌쩍거리며 아빠하고 같이 있고 싶다는 것이었다. 나는 몇 번을 설득했지만 통하지 않았다. 아이는 알지 못하는 서러움에 눈물을 흘리기 시작했다. 마음이 아팠다. 할 수없이 팀장님께 전화해 사정을 이야기했다. 팀장님도 당황스러운지라 쉽게 판단을 하기 어려우셨겠지만, 하루 쉬며 경과를 보자고 했다. 첫째에게 내일 같이 있을 것이라고 안심을 시키니 그제서야 언제 그랬냐는듯 얼굴에 화색이 돌기 시작했다. 다음 날 아이들이 많이 괜찮아졌다는 것을 느낄 수 있었다. 예전처럼 뛰어 다니고 장난치며 웃음이 방 구석 구석을 찾아 스며들고 있었다. 정말 다행이라는 생각을 했다. 오히려 이렇게 지나치는 것이 항상 엄습해 오던 불안감을 오히려 떨쳐 버릴 수 있는 계기가 되었기에 아이들이 복이 참 많다는 생각을 했다.

이제는 아이들이 거의 나은 것 같다는 생각이 든다. 물론 5일간 타미플루 복용은 그대로 하고 7일 동안 쉬어야 최종 상태를 알겠지만 신종플루는 우리 가정을 넘어갔을 것이라 조심스럽게 판단해 본다. 결국 신종플루라는 것도 발병이 나고 바로 처방 잘하고 잘 먹이고 잘 쉬고 부모의 정성이 있으면 이것도 생각처럼 무서운 병은 아니다는 것을 알았다. 잘 버텨준 아이들이 고맙고 건강한 가정을 지켜주신 하느님께 감사할 뿐이다. 다음 주에는 아이들과 효자아트홀에서 하는 내사랑내곁에라는 영화를 보러 가야겠다. 이제는 안심놓고 영화를 볼 수 있을 것 같다. 애들아 고생했다. 당신도…….

나는 지금 사랑하는 사람의 무엇으로 있을까…….

그 사람에게 물이 되어 스미고 있는 걸까. 아니면 그를 송두리째 활활 태우고 있을까. 샛바람이 되어 사랑한다던 이를 견딜 수 없이 흔들고 있을까. 상대방이 성장할 수 있도록 흙과 토양이 되어 주고 있을까.결국 나는 그 사람에게 불일까.

바람일까. 물일까. 흙일까.

잠시 일손을 멈추고 생각해 볼 일이다.

아이들의 선물

며칠 전 모임을 마치고 그냥 구경삼아 회원들과 함께 인근 대형 할인 매장을 들렀습니다. 마침 몇일 뒤 지인의 자녀 결혼식이 있어 하얀 와이셔츠를 사려고 했는데 마침 5천원짜리 와이셔츠가 괜찮아 보여 구매를 했습니다. 집에 와서 입어 보니 그럭저럭 좋아 보였습니다. 아이들이 물어봐서 구입 경위를 이야기해 주었습니다. 몇일 뒤 큰 아이를 학원에 태워 주는데 저에게

"아빠. 좋은 와이셔츠는 얼마정도 해요?"하고 묻는 것이었습니다.

아이들은 제가 할인 매장에서 5천원 주고 산 와이셔츠를 입는 것이 마음에 짠 했던 것 같습니다. 아이들끼리 의논해 본인들 용돈으로 명품 와이셔츠를 인터넷에서 구매하려는 계획을 꾸미다 저에게 들켜 버렸습니다. 아내에게는 로봇청소기를 사 주려고 했던 것 같습니다.

저는 아이들에게 이야기해 주었습니다.

"너희들은 아빠, 엄마에게 많은 효도를 했단다. 우리들을 웃게 만들어 준 너희들은 이미 효도를 다 했단다. 앞으로 그 돈으로 너희 하고 싶은 것 하며 건강하게 사는 것이 아빠, 엄마에게 효도하는 거란다."

비가 오는 아침, 다시한번 저에게 이런 아이들을 주신 하느님께 감사드립니다.

사랑해서 낳았다

한번의 배출로 4천에서 6천마리의
아이들이 오직 한 곳을 향해 달려간다.
결국 모든 경쟁을 뚫고 한 아이만이 삶을 얻는다.
깊이 사랑했던 또는 사랑하지 않았던 사람에게도
그 순간은 누구든 행복했을 것이다.
그래서 인간은 행복이 궁극의 목적이 되는 것일까?

그 뜨거운 찰나의 행복이 한 삶을 만든 것이다.
그 삶은 고통과 슬픔과 희망과 사랑을 먹고 자라난다.

그렇게 자란 아이는 히틀러가 되었다.
그렇게 자란 아이는 테레사가 되었다.
그렇게 자란 아이는 마르크스가 되었다.
그렇게 자란 아이는 요한 칼빈이 되었다.
그렇게 자란 아이는 내가 되었고 너가 되었다.

그 순간 행복했던 아이들이…….

나는 사랑했고 행복하게 낳았다.

내 사랑의 결실들이

탐스러운 열매가 되었으면 한다.

부디 조국을 빛낼 아이가 되었으면 한다.

부디 인류에 도움이 되는 아이가 되었으면 한다.

나는 사랑해서 낳았다.

정성

한 밤중에 어린 아이의 이마는 뜨거운 마그마를 머금은 듯
얼굴에 흘러 내린 식은 땀은 지표면을 타고 내리는 용암과 같이
급격히 식어 버려 현무암처럼 베겟머리에 흩어진다.

아이의 신음 소리는 적막한 밤을 깨우고
나의 한숨 소리는 걱정에 파묻힌다.

조금이라도 뜨거움을 식혀 주기 위해
시원한 수건 이마에 얹혀 놓고
내 손은 약손이라는 한 없는 믿음을
아이에게 주기 위해 무의식 속에 나의 손은
머나먼 태평양을 항해하듯 끝없이 돌고 돈다.

밤새 불 밝혔던 가로등
어느새 아이에게 새벽이 찾아올 때쯤 편히 쉬고
사랑은 강물처럼 아래로 아래로 연달아 흘러간다

고맙다, 인생

초판 1쇄 발행 | 2020년 1월 30일

지은이 | 윤민수
펴낸이 | 공상숙
펴낸곳 | 마음세상

주 소 | 경기도 파주시 한빛로 70 515-501

신고번호 | 제406-2011-000024호
신고일자 | 2011년 3월 7일

ISBN | 979-11-5636-383-5 (03810)

원고투고 | maumsesang@nate.com

* 값 11,200원

* 마음세상은 삶의 감동을 이끌어내는 진솔한 책을 발간하고 있습니다. 참신한 원고가 준비되셨다면 망설이지 마시고 연락주세요.

이 도서의 국립중앙도서관 출판예정도서목록(CIP)은 서지정보유통지원시스템 홈페이지(http://seoji.nl.go.kr)와 국가자료종합목록 구축시스템(http://kolis-net.nl.go.kr)에서 이용하실 수 있습니다. (CIP제어번호 : CIP2020001233)